愛，就這樣發生了

方秀雲（Natalia S. Y. Fang）著

獻給

愛

輕敲透亮悲懷的生活風景

——讀《愛，就這樣發生了》散想

張默

近年間，在台灣新詩壇發現一個清新陌生的名字，她就是女詩人方秀雲（筆名墨紅），包括《掌門詩學》、《台灣現代詩》、《乾坤》、《創世紀》等詩誌，都不時先後發表她諸多充滿生活風景的詩篇。

首先，請大家不妨靜下心來細讀她收入本書卷前的詩作〈轉角〉：

過一條馬路
走到轉角

往後走
顯得愚蠢
再行一步
就不見身影

在恰好的點上
用暗語
訴說千古的愛情

再見，即使不再相見
真的
都無關緊要

只因
在那醉心的點上
你轉頭
做了回矇。

看她如此清清淺淺的筆觸，把作為一個人每天日常生活中必得要走很多路轉很多彎的小事，一點一滴，敘說得這樣令人迷濛好奇，而有另一些透亮的感覺。她的語言十分簡潔素樸而又親切可讀，使人一看就懂，確確然可以達至「清明有味，雅俗共賞」的境地。

其次，再列舉她別具一格的小詩〈天堂〉：

愛，讓我沒有野心
所有都變得瑣碎

我不明白
上帝創造的天堂到底怎麼一回事
但我知道
就在咫尺

這短短的六行小品，作者一開始就直指愛是無私的，展示它的博大，不設限，沒有顏色及其他，接著以反問句，天堂究竟是怎麼回事。最後作者則豁達宣稱，它就在你身邊，你一伸手就可以摸觸到它，這靈巧的一筆，讓全詩燦然開花，令人會心一笑。

其三，本書第六輯所收入的〈酒精與墨汁〉，也有不俗的表現。

柏拉圖訴說一則神發明寫作的故事
全為了遺忘

於是
酒杯裏的汁液
攪拌後
筆墨在舌尖上四濺

本詩一開端作者就創發了一個小小的疑問，緣自柏拉圖的一則神話說起，他是真正為了美麗的遺忘嗎？答案似乎是NO，於是她的筆鋒一轉，讓酒精與墨汁化合攪拌在一起，從而靈思霍霍，在她的舌尖上四射，而一首滿溢香味的小詩大功告成，這或許是她創作一刹那最動人的抒情。

最後，再試讀她的峰迴路轉的〈時間〉：

你說生命的前半段流的急速
奔的有多快，所以
剩餘的，不該蹉跎
我聽了，質問：
那我呢？

你回說：
溜走的理性
不在計數的範圍內
永恆如此，我願為你駐留。

歷來中外各代詩人對「時間」的詠嘆之作，可說前仆後繼，難以計算。譬如王維的〈鹿柴〉絕句：「空山不見人，但聞人語響」。柳宗元的〈江雪〉：「孤舟簑笠翁，獨釣寒江雪」。這些千古傳誦的名句，還用得著我再來詮釋嗎？而德國詩人里爾克書寫「時間之書」的名句，更是令我們的五、六〇年代崛起的資深詩人，幾乎都可脫口而出。特節錄三行如下：

怎樣時間俯身向我啊
將我觸及
以清澈的，金屬性的拍擊
——里爾克〈時間之書〉，方思譯

或許，我列舉以上三首名詩，似乎與方秀雲的詩作〈時間〉無關，但熱愛藝術與詩的心靈是相通，她不可能未讀過上述三家的詩。

方秀雲這首九行的〈時間〉，雖非本書的壓卷之作，但筆者認為它蘊含作者對時間的讚嘆、捕捉、與探索的諸多情愫，隱約在字裡行間，不斷的浮現與湧動，撞及愛詩人的心扉。

全詩分三段，第一段暗喻個人生命的前半段，似乎走得特別快，所以自己必須要反省警惕，要執著的把握當下的每一刻，不能再任它偷偷的溜走。

第二段，可能是作者向時間回答以及不可說破的原由，而往者逝去的種種，已不復返，但來者可追。而人的理性、抱負，會悄悄的與時俱增，沛然向上，是故所謂理性，不應列在逝去的時間的範疇裡。

第三段，雖只一句，它卻是全詩的焦點，〈永恆如此，我願為你駐留〉，請問誰能讓時間停佇，走進永恆，惟有精湛不朽的藝術品和詩作，可以為時間立碑，永垂史冊。

除簡約點評上述四首外，本書所收入的六輯詩作，諸如〈一煞那心掉了〉、〈愛，就這樣發生了〉、〈一刻〉、〈抱過的身體〉、〈廢墟〉、〈世界末日〉、〈憶叢林〉、〈連嘆都無聲〉、〈疤〉、〈乳房〉、〈印度紅裏的三點黑〉、〈一枝逃亡的筆〉、〈一隻飛走的小鳥〉、〈浪漫的三十六小時〉、〈漸出〉……等詩作，也都各自在暗中綻放其特有的奧秘與華采。

總體而言，方秀雲詩作的語言簡潔生動，意象的湧現濃淡有序，節奏的推移徐急自如，結構的佈建層次分明。她絕絕可以自信，揮灑在她自己繽紛獨特的藝術肌理裡，滄浪俯仰，向詩的未知的新景開拔。

信然，《愛，就這樣發生了》，是她二〇一一年刊印的詩集，收入五十多首各種風格的詩作，讓它們傲岸地航向詩的大海吧！而「愛」，似乎是方秀雲詩作永遠的主調，那麼何妨你就深情地看著它，讀著它，摟著它，讓詩永遠激發你的真情，朗誦狂飲它散發的昂大藝術的魅力。

二〇一一年三月十三日　深夜內湖

目次

第六輯 陪伴在側的——玫瑰

第一輯　保持初遇的——清澄

轉角

過一條馬路
走到轉角

往後走
顯得愚蠢
再行一步
就不見身影

在恰好的點上
用暗語
訴說千古的愛情

再見，即使不再相見
真的
都無關緊要

只因
在那醉心的點上
你轉頭
做了回矇。

《創世紀詩雜誌》二〇〇九年十二月第一六一期

一煞那心掉了

最後一片葉
落下

心
怦然一聲
掉了

逸漫
全是難拾回的
一地愁

溢散
都成不相思的
一甕酒

《創世紀詩雜誌》二〇〇九年十二月第一六一期

那一剎那

那一剎那
是第一眼之後
歷經三秒的頃刻

初次相遇是記憶裏最深的刻痕
往後數百千萬次的印象
只模糊而已

可能多了一些皺紋
或增了幾絲白髮

其實，都不重要了
記憶早已將枝節埋藏起來

最後剩餘
一剎那的衝動，還有
當時蠢蠢欲動的眼神

人說：醞釀才會香醇
為此，愚蠢的我篤信了好幾世紀

迂迴史前的洪荒年代
回到原點
才知
記憶的一剎那是抹不去的愁。

《創世紀詩雜誌》二〇一〇年九月第一六四期

鏡像

在想念的季節
走到花園
遠端一處角落
一只好久不被觸碰的桶子

不由得
拍拍往天堂累積的
灰塵，枯葉
及半濕的模擬兩可

上端的蓋
如展翅的鳥
快飛了起來

陳年已久的水
因被打擾的緣故
噴出來
濺的滿是花臉

當掌心抹去水珠
那時刻的觸鬚感知
發現
過了好幾個冬
凝結的冰在融化後
還保持初次相遇的——
清澄

不禁的顫抖
因為愛，我們都沒有變老。

《創世紀詩雜誌》二〇一一年三月第一六六期

時間的對話

滴答！滴答！滴答！

阿蓮：請問此是何物？

聖奧古斯丁：不知道。[1]

原來，

被分割成機械化的

年，季，月，日，時，分，秒　被誤認為

物質

用哪一字眼來搭配？

噢！
花，省，喪失，浪費，投資……

彷彿擁有了「它」。

過去與未來
往相反的方向，推向兩端
讓你口發牢騷

現在
夾於中央地帶
空間彈性也該落的輕鬆
你想到快用完了
開始慌亂紛飛

願否
允准我進入？

佔據你的當下
不論或大或小　我
扮演浮士德所見的……

靈魂賣出前夕
目睹竟是一片遠景　我用
千萬年奪來的
美　一瞬間
勿忘
寄於永恆

《創世紀詩雜誌》二〇一一年六月第一六七期

1：當四世紀的聖奧古斯丁被問及：「何謂時間？」他回覆：「時間基本上是由過去，現在，未來組成的，若沒有這樣的區分，是很難談時間，但是過去與未來都並不存在。」

侍女

長髮
白洋裝
窈窕的走來
嬌滴滴的模樣
是的
一名侍女沒錯
她很單純的
在盤算

人說她沒才氣
聰明更稱不上
然而，僅僅的
在等待
知道隨時
會有男子出現
迷戀
再拾起
命盤裏
她是一位被人疼愛的小公主。

愛，就這樣發生了

看著你的眼
回望你的情，感受散發的餘溫
一片柔柔的紗灑下
我知道閃亮眼中透露的
在那時刻，偷偷地
愛
就這樣發生了

寵我

彷彿比荷馬的史詩古老
久遠前，你我的眼神交會
默默無語

今日以激情之姿補回
莎士比亞筆下的主角絕不如當下的　我們

在驚魂的一瞬間
你為我
阻擋危險

那立即的反應
不經思考
純屬於前世今生

我深信
我被保護的
被寵的
被愛的

一刻

深情之最，回到
母親剛生下我
父親抱我
最恬適的一刻

第二輯　土壤蒸發的——溫情

抱過的身體

那冬
抱我好久的情
此時
身體變的好冷
只要愛過
溫過

空氣
總有
跑不走的暖味

《創世紀詩雜誌》二〇〇九年十二月第一六一期

愛宴

一種最長的佇望
落入人間情愛
多想
擁入你的懷裏，即使
永不釋放的隱痛也罷
鳳凰等待梧桐？
梧桐等待鳳凰？
而我下了一個賭注，即使
索取代價無數也罷

殞落前，會先落淚

凝視
玫瑰因深情吐出的——
紅

再回首
背後的銜環
從初始的180º逐漸垂下
當花與莖之間轉成30º
靈魂開始
迴盪

眼睛
不忍美的殞落
心底
掀起挽救的欲望
手指
不禁地觸弄一下花瓣

從隙間
吐出
一滴滴的
汁液
竟是——
晶瑩剔透

到現在，木桌上還盛放
未乾
的印痕

絕不淡淡的走
只為了
好讓來世有跡可循。

《創世紀詩雜誌》二〇〇九年十二月第一六一期

無言的契約
（一趟蘇俄之旅）

眼見——
脆弱
歷史在切割後的皮膚上
血還流著
傷痕還來不及痊癒
又得強迫
遺忘

前方的一座海市蜃樓
是甜言蜜語後的期待
一次
又一次的
仰賴

如今
驚鴻一瞥
連碎片也不留下
朝代的盛衰
就算活，找都找不到浮板

張嘴——
食材或口沫

可填充，能溶化的
只有伏特加

或許
披上冷漠的外衣
將是另一項選擇

理性的論證說不清
從土壤中蒸發出來的情，怎能消去？

腳下
到底何方神聖？
已鋪設好一條漫長的毯子
延伸的好遠好遠
猶如神祕的磁鐵
不失魅力的往這頭拉

我，旁觀者
逐漸地成為淪落人
自初淺的文明，持續的波動
是一趟精神的折磨之旅
從陌生的拒絕，到沉醉的溫柔
這般傀儡的滋味

就在決定割除的一瞬間
呼吸無比的順暢
然而窒息偽裝成善面
悄悄地溜了進來

丟在身後的
一張張美麗的臉龐

一個個哭嚎的靈魂
我該怎麼負責？
天啊！
原來，這是一條走不完的路。

《創世紀詩雜誌》二〇〇九年十二月第一六一期

廢墟

我站在廢墟中
是一個很久很久以前的皇宮
在一場大火
在不知名的謀殺事件
慌亂一片之後
如今
屋頂全毀
祭壇也粉碎
散落滿地是依稀可見的大理石
一塊一塊的

殘餘成了
雨後積水的相伴物

牆面與基柱的斷痕
似乎宣告
倒塌的即將來臨
屈指一算
比古人還遙遠
然而姿態依然頑強

我坐在石凳上
抬頭往上揚
光透過
坑坑洞洞的窗
柔情的
閃亮的

不約而同地灑了進來
能想像？
束束的斜線，全聚在同一個點上
落的我一身發焦

我在皇宮裏活過
看過萬年的滄桑
拭過億年的淚水

現在
不畏什麼
曾經走過的天荒地老
是我回來的原因。

《創世紀詩雜誌》二〇一一年六月第一六七期

世界末日

當世界末日來臨
你會來看我嗎？

九行詩

在善之枕上
哇！一片異於塵世的哭聲
耽溺冥想為無上樂趣的純真
雲雀飛升，越過太空的灝氣
遠離素手緊抱的傀儡
翱翔那悸動胸中呢喃的希望
憎恨？掙脫？渴慕？
雲迴響在靈魂裏
誤謬，會再歸來

其實，我跟你一樣孤獨

孤獨的影
落的好長

我被施予鞭刑，用十億年來行走
始終看不到
你拖曳的尾巴

落的我，在中間一直遊蕩

你如一尊雕像
沉默
從不跟我解釋

十億年前
你身體失去了溫度
拳頭卻緊緊地握住
炭火在幾乎窒息的空中
跑進所有精氣
導致釀成的高溫

你向我暗示
過於驟然
最後只能靜靜地看著

醒悟
才知我一生
沒有好好握住你的手

這十億年來
陪伴我的
你一身長長的影子。

《擁抱文生・梵谷》二〇〇九年十二月〇〇三頁

第三輯　僅有連繫的——版圖

出走那一年

出走那一年，因為
愛情早被剝奪的體無完膚
你擺脫不了的憂鬱與深沉
我這兒
只能義無反顧的離去

你留下字句：
生活就像一個重疊的路程
陷入低潮　變得滿腹牢騷
語言也索然無味了

我，哪兒介意呢？

愛一個人
若無法貼近
就只好離的遠遠的

遠離是走向你唯一的途徑
出走的那一年
那是好久好久的事了

再次讀你
你走了，我依然在

若再相遇
我還會說同樣的話

說你陷入的低潮
一堆無意義的推石上山，又滾下
那身不可承受之重
不堪的蒼白
是我愛上的原因

影像停格

外地傳來的電波
從內擠出的心跳
比較一下　大相逕庭
原來百年前的記憶
冷凍了我

開開關關
全屬於　片片斷斷
組合　成不了圓

被割兩半的心
震懾的分岐

在想念的季節
割痕幻化
淡又不淡的一縷情絲

刀狠狠地劃過
拼貼照片的黏合
曲折又空洞
由你來填補

時間的追逐上
莎姬的苦等
在喚不回來的青春

唯獨愛
什麼都被允准了

愧疚使然

若說遙遠
全是因為板塊相斥的距離
心的間隙又貼的好近

五官
不論隱性或顯性
交錯或拼置也好
它們懂得記憶
原鄉的激素
是愛

一觸，就羈放
一佻，便泛流
此非夢想
更別說浪漫

感受不需編織
比宇宙的任何一物還要——
真實

處在一個異鄉的國度
一條無形的鞭子
狠狠地抽
沒傷，無痕
皮肉底下
竟是哭

痛
哪一因數正蠢動？
他鬼鬼祟祟的竄行
原來，許久前
離去，不回頭的那一刻
就扛下了一個罪愆
在角落偶爾不動聲色的
跳出來
歇斯底里的撞啊撞！

疑惑
為什麼無理由的被拒絕？
曾經打開的門
怎會在迎臉而笑時，砰了一聲？
讓我

先寂寞
再陷入孤獨
生命中
飛來的輕羽，實在不好承受！
一個存在，但不該有的心理狀態。

《創世紀詩雜誌》二〇〇九年十二月第一六一期

憶叢林

細胞
呼吸
心跳
顯得過慢
怎能跟上叢林的腳步？

一世紀前
我帶著憂傷，赤裸的遠走高飛
疤痕，驚叫後絲薄掩蔽的表徵

在異鄉
一個晴朗的日子
我被拯救了起來

原鄉
韁繩鬆垮了
藏於孟克的驚悚
仍然流入細胞內
痛到　尖叫！

糾纏的男女　難耐的寂寞　情慾的沉浮　遊移的野心
　流逝的青春
若拿一條理性的線串起來
過於複雜

戴上冷漠
反倒十分俐落

飆悍的鳥兒
徘徊於交叉口
直走？
繞街而行？
或另開闢彎道？
哪一物才是合適的尺標？

隨一名詩人走
踏上「僅有連繫」的版圖[1]
經過一座神殿
上帝不負責任溜走了
滲入苦澀的我們
先攪汁，再流出——
絕望

直到深淵之際，轉頭一看
天啊！
眼前竟是謬思
美到極純
昇華
然後純到至真
觸摸，融化為一體。[2]

1：英國大文豪福斯特（E. M. Forster, 1879-1970）的小說《此情可問天》（Howards End）裏有一句座右銘：「僅有聯繫詩文與熱情，此兩者才會被頌揚，我們也可看到人類的愛達到極至，不用活在破碎裏。」

2：觀念藝術家，詩人，兼哲學家伊恩．漢密爾頓．芬利（Ian Hamilton Finlay, 1925-2006）用一生的心血創立一座深具詩性的「小斯巴達」（Little Sparta）花園，傳達人間最後的救贖：愛與美。

書中的毒素

感情脆弱的假牙
正咯咯地叫！
精神折磨的肚子
在咕嚕咕嚕地絞！
你的戲本精彩
指數一直往上攀
你的散文拐彎抹角
鈍滯的釘子

寧可心靈破洞，也不願意傷人
難題來了
她畢竟是你的初戀情人

還記得
你第一本小說的第一句話，說：
太陽沒有其他選擇，只好照在陳舊的版圖

最近
你在另一本小說，刻劃
一位精神錯亂的主角正盤算
怎麼讓崩潰的族群加諸次序

你的故事一向如此
沒有劇情
像卡夫卡的黑

醒來時發現被包裹在一個
無根的
無莖的
無花的
無葉的
果實裏
你總在嘲笑
苦笑
道德的笑
空洞的笑
聰明的笑
推理的笑
笑中之笑
笑到捧腹大笑

寫作
儼然是學習沉默的掙扎。

《創世紀詩雜誌》二〇一一年三月第一六六期

連嘆都無聲

音符一個一個朽了
斑剝後成了未完的NO．9交響曲
撿起片片的金箔來黏貼
再怎麼樣
也擋不住金屬製的擴大器
最後無力
嘆了一口氣
一片金箔不作響的

飄落於地
不久後，再也找不到它的蹤跡
樂手們凝視樂譜，卻一個音符也奏不出來。

《創世紀詩雜誌》二〇一一年六月第一六七期

第四輯　鏡中疏落的——疤痕

洪荒之年

洪荒那一年
我已然氾・濫・成・災

疤

嘴唇邊的那一塊疤
怎麼在那兒？
是溫柔的吻　還是擰的　還是咬的？

手觸摸，我吻了一下
「疼嗎？」
我說　鎖緊著眉心

「不……死了！」
你說　微挑著嘴角

從鏡中你疏落的疤痕
冷且黑

音調A：

馬勒的「第五號交響曲第四樂章」

即將落幕時
剎那的純美，臉……髮……身體……啊！
激烈不可，宇宙在瞬間崩裂
點滴的懷想
愧疚浮游
眼前　頭一遭的觸動
流的這般自然

在美學的賭注中
你輸了
輸得徹底
最後只能落淚　狂笑　狂笑　再狂笑

尤里西斯的旅程，不
在一個美與死亡的選擇
極致　極痛

我稱，無責任的放肆

陀螺轉啊轉！

初始，鮮豔如火
然後，漸於混濁
最終，落入荒蕪

這面容，在夜晚，一點也看不清
拿出火炬吧！

沒氧，缺柴，未及燃點
怎能無中生有

感知的伸展，卻觸碰不到一物

那麼必定夠長，夠遠的了

前世紀，身體中，積下太多
驚慌，尖叫，與夢魘

就這樣，一瞬間，暗殺了
存在千年的所屬

哲學家說：我思故我在。

在潮流之下，我思不同，就不存在。

至少還剩良心，可拿來對話
還可編織夢想，為烏托邦鋪路
　沒有指引，不怕胡作非為？

如今，陷入毒癮
只能畫一幅心靈地圖
　戒不掉？
　你……
　怎麼哭了？

遺棄了光
在有次序的人間留念什麼？
回歸遠古，盼在希臘悲劇中求生

洗滌
淨化
深沉的罪孽？
回到童真，尋找救贖
眼前竟是一片蒼茫！
人群湧至，隨你哭泣
淚，泛流不止
你不想找出口？
看啊！出現了靈光與門框

快接近神性！
敲一敲試試看吧！
砰！不行。
再試一下
砰！砰！砰！還是不行。
再試一下吧！
砰！砰！砰！砰！砰！砰！砰！怎麼會這樣？
打不開，也無人回應
眼前一只假像，對否？

在佛羅倫斯的美術館
有一扇米開郎基羅的知識之門

人若敲一聲
輕易的，門就開

為何？
跟美與醜有關？

你擁有一座夠沉，夠痛的
阻擋之物
不算美，但與此無關

若光已死……

你的假設毫無根據

在柏拉圖的洞穴待太久
那玩把戲的影子，只不過是個幌子

但光靜靜的
依然在那兒照耀著
一直都這樣

心力交瘁，撲倒在無形的門前

你躺臥
伸展身軀，宛如——
十字架

別想，再苦也不屈服

你愛過？
若有，真的無須責怪
假如沒有……
天啊！
你的名字叫——
黑。

靈魂飛啊飛！

目睹你這樣無所定向——
以前，選擇遠離
接下，帶到荒原
果然，消失無蹤

明瞭，我手中握著一塊　真實。

（黑的信仰者與現實主義者之間的對話。）

乳房

割下乳房
均衡地放在瓷盤上
一旁擺鹽與椒椒罐
一左一右再放刀叉

夠鮮
夠味

嚐一嚐吧！

退潮

你說你變老了
心境由濃烈轉向平淡
當記憶緩緩的起身
準備取代激情時

遽然
是我最心碎的一刻。

《乾坤詩刊》二〇一〇年春季號第五三期

第五輯　永不塌陷的——心丸

印度紅裏的三點黑

整片紅，不淡不濃
是激情溫度的恰到好處

那黑，三個精圓
在畫筆尖上溜轉
輕柔地跳躍

胸口醞釀好久的

「我愛你」

《創世紀詩雜誌》二〇一〇年三月第一六二期

夢與詩

若生命是奔向無涯的夢徑
我會寫詩讓美駐留
若生命是奔向濕漉的沼澤
我會赤腳步行留下足印
若生命是奔向天堂的樂團
我會吃下蘋果成為夏娃的後裔

若生命是奔向疲憊的愛情
我會學習莎姬的馥郁
若生命是奔向陰森的葉蔭
我會期待一絲的曙光

＊　＊　＊

若生命是無數的輪迴
我願與你共渡永世的纏綿
若生命是悅耳的音樂
我願奏以和諧，只為你
若生命是沉思的微笑
我願你底的靈魂

若生命是掌在佛陀的手裏
我願有一百四十四變為你掙脫
若生命是前世的塵緣
我願為你贖罪

時間

你說生命的前半段流的急速
奔的有多快，所以
剩餘的，不該蹉跎
我聽了，質問：
那我呢？

你回說：
溜走的理性
不在計數的範圍內

永恆如此，我願為你駐留。

一枝逃亡的筆

在筆尖下
滑動的墨
水流的字彙與情感
神奇的
就如
一旦愛上，不再流轉
穩穩地停在原點

我努力跟時間接上線
想串演一系列連續，又邏輯的故事

就算
渴望擠出一團皺紋
都難啊！

他們的邁步
是我追也追不上的速度

我變遲鈍了嗎？
或，他們盲目過度了呢？

我世界的前一片
墨汁拋甩的
怎也料想不到
全是十年前的——冷藏記憶

億萬年前，我曾猶豫
差一點跟魔鬼做了交易
還好臨行前
一道彩虹及時趕來，抱住我
偷偷的在耳旁
私語：讓我護你一程

在想念的季節
我握住一枝逃亡的筆
陳述無窮的往事……

剛開始
魂魄每每來打擾
後來，偶爾探訪
這些日子
筆尖上沾的墨

落下的除了甜
還是甜

當年那道彩虹是誰派來的？
筆下的故事
當墨將凍結的晶塊融化，渲染後
一切都會揭曉。

《掌門詩學》二〇〇九年十一月第五七期

原汁最純

人們習慣添東添西
然後稱讚才夠味

歷史重覆實驗的結果
顯示：原汁　最真　最美。

一個不可取代的靈魂

當你離去時
我戴上一顆定情戒
穿上自製的彩衣
在常走的那條路踏上好幾回
誦讀你的詩句
不論調性憂愁、苛責
或愉悅、激情、滿足
高中低音符填滿空氣中的五線譜
衝衝撞撞
編織一首心板的交響曲

人說我多傻
愛上一位弱不禁風的詩人
但他卻又是一個不可取代的——
高貴靈魂

《創世紀詩雜誌》二〇一〇年九月第一六四期

天堂

愛，讓我沒有野心
所有都變得瑣碎

我不明白
上帝創造的天堂到底怎麼一回事
但我知道
就在咫尺

不再

我不再流浪
只因遇見了你
我不再漂泊
只因你的一切鎖住了我
我不再猶豫
只因你的堅決觸動了我

我不再離去
只因世上沒有一個地方比跟你共渡餘生還要精彩

活蹦亂跳的細胞
因小小的慈善
在疲憊後
得到最愉悅的歇息
全在你浩瀚的穹蒼中拾獲

只想
眠在安穩的，永不塌陷的你

我愛，只因你的存在

世上若沒有你，我大概像雲一樣飄啊飄
風不靜止，也停不下來
推把我成一只失落的靈魂

找一個能愛，也能被愛的處所
如玉一般
堅實，濃烈
任狂風暴雨怎麼襲擊
依然鎮守在那兒
只因有你

悄悄地跑進來

你的身體薄的像一張紙
脆弱的深怕多用點力
就會破

我只能有距離的擁抱你

你像一縷煙
怕風一吹，就不見了

淡的像不曾激起的漣漪
但為什麼還能散發濃濃的鬱香？
烈到一個極限
混淆我
疑惑怎麼一回事？
原來
無法設防
愛，就這樣悄悄地跑進來

《創世紀詩雜誌》二〇一〇年十二月第一六五期

你的一顰一笑

你的臉
你發亮的眼睛
你揚起的嘴角
你暈紅的臉頰
你隱約的酒窩

掀開的
是大火燃燒之前藏的暗語

《創世紀詩雜誌》二〇一〇年三月第一六二期

第六輯　陪伴在側的——玫瑰

一隻飛走的小鳥

原鄉的奶
滋養
又逼迫
吐出精髓
設好的爐火
暖了手
過久

習慣變成——
膩味

染上身的溫度
在抵達沸點之前
發出一個警訊

思緒
不斷的繁殖
漲大

從此
原鄉
是逃亡的開始

《創世紀詩雜誌》二〇〇九年十二月第一六一期

女兒

媽媽說：
我們領養個男孩吧！
爸爸反駁：
我們已經有女兒了！

《臺灣現代詩》二〇一〇年三月第二一期

吽！

你叫我一聲
「牛」
起初懵懵懂懂
我一身的倔強
在出生後
就被你一眼識穿
只有你最真
我的牧人。

自由

將眼前的牆　打掉
渴望直視太陽升起的地平線
把上端的屋頂　穿洞
乞求仰望天空中漂泊的白雲
守住一個家
一個不再流浪的家

沒有什麼苛求
只需一個小小的口徑
大的能容納視野就夠了
自由？沒有你在那兒讓我守候
又有何意義呢？

酒精與墨汁

柏拉圖訴說一則神發明寫作的故事
全為了遺忘

於是
酒杯裏的汁液
攪拌後
筆墨在舌尖上四濺

《創世紀詩雜誌》二〇一〇年十二月第一六五期

音調B：挪瓦克的「在教堂」

遠遠，女子走入
似水　幽柔清澈
無意識的滾動另一個意識——背叛還來得及
但，周遭人　她視若無睹
往前　再往前
胸口是管風琴聲的源頭
湧上　再湧上
她慟哭　立即跪了下來

靜臥
再也爬不起來
「上帝，我要如何做？心的對待好難。」

你看見她身體蠕動
卻無能為力，默然

豎琴聲從心泉流出
她望向十字架上的柏拉圖
「你怎麼代替世人受罪？」
祂發笑個不停
她也直發笑
你也開始發笑
接下來，全部人都笑起來了
她勇敢爬起來，與你一起私奔

能聽你說話的時候

你的口
埋沒於另一個論調之下

管道被封了
你使勁的喊
怎能抵過披上白衣的壞人？
如何阻擋善面的說謊者？

你腦的汁液
經由別人沒有，而上天特製的通道

就因獨一無二
交融後
在說話時
迸出來的千萬粒
不……，應該多的多
數不清的活潑精靈

在主流之外
找到窄小的空間
就在那裏
你啟蒙了我

恐懼吃掉人的靈魂
讓他們肥
我想，就讓他們肥個夠吧！

纖瘦如你
有了風骨
你的名字叫——
膽識
能聽你說話
夫復何求啊！

浪漫的三十六小時

愛始於夢般的迷惑

我往一個不知名的方向飛翔
編織了繭
包裹在最美裏

你說：
幻化一對蝴蝶
一塊兒
在僅僅的夏日

就這樣
比虛度半世紀永恆
若說夏日，我只求浪漫的三十六小時
深怕奢求過多
上天會開始發怒

人說悲劇總
潛藏在一個不尋常的情感中

儘管多異樣
我使命的扭轉
導向另一個祝福的出口
在愛情裏，不該有悲劇

《創世紀詩雜誌》二〇一一年六月第一六七期

在水域上

我在陸地上
收集無數的材料
不仰賴邏輯
無關習慣
更沒有所謂的系統

浪漫地
拼湊起來
築起一艘小船在水域上航行

一個居所
要建，就得在海上
讓她漂
只要——
真的掌舵，
　　　　築起無形的地基
善的呵護，
　　　　哼唱入夢的搖籃曲
美的感動，
　　　　雕出驚嘆的姿態
愛的信仰，
　　　　膜拜僅存的依賴
到頭來維持水準的不外乎——
這些氣息的　百般撫弄。

音調C：

華格納的「崔思登與依絲甌蒂」

是否眼睛被切割以後
流出的膿
儂化成
愛的自由？

你的「潔身自愛」
早被打得爛不成形
已死驢子

扛著鋼琴的黑白鍵
倒地之後，一副安詳的臥姿

在慌亂的世代
失去眼睛的我
用精密的探測器觸摸一隻暖暖的
沒有失血的手
至少，在死前抱著心愛的　呵護的
不反以溫度的　但心甘情願的
回報。

就算補償吧！

漸出

此刻，從狂妄
漸出……
佔據百年寂、冷
老去的行李箱裝滿億萬粒死去的細胞
在地球另一端最涼、荒的時刻
我來來回回
直到
白日變了色，漠入了黑夜

身底的靈魂，異常地
漸出……
毫不猶豫用非理性吶喊
說愛情啊！

是啊！另一個愛人
在微弱的燈光下閱讀佛洛伊德
從虛無到具體
清・清・楚・楚
細說羅藍・巴特的
千・錯・萬・錯

陷入情境的女子用顯微鏡觀察
細胞死狀　彷彿
膨脹過

萎縮過
痙攣過
白日如簾從黑夜的驚痛
漸出……
原來，一隻玫瑰始終陪伴在側

掙脫只為一個理由

嬰兒掙脫母體
擠破羊水
推開乳頭

回歸子宮的誘惑　持續襲來
在催化之下
激素不斷的開倒車

一心
卻奔向萬般荊棘的荒原
就算瀕臨懸崖也罷

憑一個理由
要無瑕疵的
意外的
敏感的
從沒發生過的
落於此情此景
真面目才逐漸地走近……

在一條神秘的面紗前
跪倒

不由得

我們都為此
墜落了

語言文學類　PG0670

愛，就這樣發生了

作　　者 / 方秀雲
責任編輯 / 黃姣潔
圖文排版 / 鄭佳雯
封面設計 / 蔡瑋中

發 行 人 / 宋政坤
法律顧問 / 毛國樑　律師
印製出版 / 秀威資訊科技股份有限公司
114台北市內湖區瑞光路76巷65號1樓
電話：+886-2-2796-3638　傳真：+886-2-2796-1377
http://www.showwe.com.tw
劃撥帳號 / 19563868　戶名：秀威資訊科技股份有限公司
讀者服務信箱：service@showwe.com.tw
展售門市 / 國家書店（松江門市）
104台北市中山區松江路209號1樓
電話：+886-2-2518-0207　傳真：+886-2-2518-0778
網路訂購 / 秀威網路書店：http://www.bodbooks.com.tw
國家網路書店：http://www.govbooks.com.tw
圖書經銷 / 紅螞蟻圖書有限公司
114台北市內湖區舊宗路二段121巷28、32號4樓
電話：+886-2-2795-3656　傳真：+886-2-2795-4100

2011年11月BOD一版
定價：180元

國家圖書館出版品預行編目

愛，就這樣發生了 / 方秀雲著. -- 一版. -- 臺北市 : 秀威資訊科技, 2011,11

面； 公分. -- (語言文學類 ; PG0670)

BOD版

ISBN 978-986-221-869-3(平裝)

851.486 100021214

讀者回函卡

感謝您購買本書，為提升服務品質，請填妥以下資料，將讀者回函卡直接寄回或傳真本公司，收到您的寶貴意見後，我們會收藏記錄及檢討，謝謝！
如您需要了解本公司最新出版書目、購書優惠或企劃活動，歡迎您上網查詢或下載相關資料：http:// www.showwe.com.tw

您購買的書名：________________________________

出生日期：________年________月________日

學歷：□高中（含）以下　□大專　□研究所（含）以上

職業：□製造業　□金融業　□資訊業　□軍警　□傳播業　□自由業
　　　□服務業　□公務員　□教職　□學生　□家管　□其它____

購書地點：□網路書店　□實體書店　□書展　□郵購　□贈閱　□其他

您從何得知本書的消息？

□網路書店　□實體書店　□網路搜尋　□電子報　□書訊　□雜誌
□傳播媒體　□親友推薦　□網站推薦　□部落格　□其他________

您對本書的評價：（請填代號　1.非常滿意　2.滿意　3.尚可　4.再改進）

封面設計____　版面編排____　內容____　文／譯筆____　價格____

讀完書後您覺得：

□很有收穫　□有收穫　□收穫不多　□沒收穫

對我們的建議：________________________________

____

____

____

請貼
郵票

11466
台北市內湖區瑞光路 76 巷 65 號 1 樓

秀威資訊科技股份有限公司　　收

BOD 數位出版事業部

....

（請沿線對折寄回，謝謝！）

姓　　名：＿＿＿＿＿＿＿＿　年齡：＿＿＿＿　性別：□女　□男

郵遞區號：□□□□□

地　　址：＿＿＿＿＿＿＿＿＿＿＿＿＿＿＿＿＿＿

聯絡電話：(日)＿＿＿＿＿＿＿＿（夜）＿＿＿＿＿＿＿＿

E-mail：＿＿＿＿＿＿＿＿＿＿＿＿＿＿＿＿＿＿